野生截句

白靈 著

截句
●
是踢遠廟堂開始百姓的野人

4

行詩

自在截句
向葉子般的眾臉書
射出詩的————
小
飛
刀
。

這世界
漆黑又擁擠

我們搭截句當靈魂的飛行器

野生_截句

【截句詩系第二輯總序】
「截句」

李瑞騰

　　上世紀的八十年代之初，我曾經寫過一本《水晶簾捲——絕句精華賞析》，挑選的絕句有七十餘首，注釋加賞析，前面並有一篇導言〈四行的內心世界〉，談絕句的基本構成：形象性、音樂性、意象性；論其四行的內心世界：感性的美之觀照、知性的批評行為。

　　三十餘年後，讀著臺灣詩學季刊社力推的「截句」，不免想起昔日閱讀和注析絕句的往事；重讀那篇導言，覺得二者在詩藝內涵上實有相通之處。但今之「截句」，非古之「截句」（截律之半），而是用其名的一種現代新文類。

　　探討「截句」作為一種文類的名與實，是很有意思的。首先，就其生成而言，「截句」從一首較長的詩中截取數句，通常是四行以內；後來詩人創作「截句」，寫成四行以內，其表現美學正如古之絕句。這等於說，今之「截句」有二種：一是「截」的，二是創作的。但不管如何，二者的篇幅皆短小，即四行以內，句絕而意不絕。

　　說來也是一件大事，去年臺灣詩學季刊社總共出版了13本個人截句詩集，並有一本新加坡卡夫的《截句選讀》、一本白靈編的《臺灣詩學截句選300首》；今年也將出版23本，有幾本華文地區的截句選，如《新華截句選》、《馬華截句選》、《菲華截句選》、《越華截句選》、《緬華截句選》等，另外有卡夫的《截句選讀二》、香港青年學者余境熹的《截竹為筒作笛吹：截句詩「誤讀」》、白靈又編了《魚跳：2018臉書截句300首》等，截句影響的版圖比前一年又拓展了不少。

　　同時，我們將在今年年底與東吳大學中文系合辦

「現代截句詩學研討會」，深化此一文類。如同古之絕句，截句語近而情遙，極適合今天的網路新媒體，我們相信會有更多人投身到這個園地來耕耘。

【自序】詩是靈魂的飛行器——
關於截句一詞兼答友人問

白靈

　　現今「截句」一詞是一個語言的彈性體，可伸可縮，如同小詩一詞一樣，但更具體、更簡潔有力，因此繼續實驗、寫出作品最重要。

　　日本俳句17音是從千餘年31音的短歌截下也是一例。但也不妨礙其他詩型同時存在。截句截了小詩或長作，卻更有彈力，更會彈跳，更接近庶民，這最重要。詩不是過去詩人貴族氣的專利，詩本來就該還諸生活百姓，讓人人覺得離自己不遠，何妨就將它們短小精悍的身姿寫在扇上、茶器上、枕上、屏風上、書法上？

　　有詩友認為此名詞的爭議點是關於「截句」究竟

野生_截句

應視作為文體名稱或運動名稱看待？個人以為眼下二
者皆可，何妨先破再立，把臺灣搞了近四十年的小詩
運動（也類似文體名稱）推至「小」的極致，如同置
之死地而後生，待風潮形成再作進一步思索。

　　反正詩的形式越多越好，詩是靈魂的飛行器，
有誰規定飛行器必須長什麼樣子嗎？截句可以是蜂鳥
是蜜蜂是粉蝶是果蠅是斑蚊是蒲公英是翅果是顯微鏡
才可看清堂奧的小種籽小果小花，是野生的，乃至野
種的。有誰規定牠們必須長多大或多小才能生存、飛
行、散播其魅力嗎？至大到至小，何妨通通存在，截
句不過是往至小發展而已。截句是新發現的有趣的物
種，每個人都可搭乘不同的情思，將目光粘在牠身
上，何妨坐上去，靜靜觀看牠好玩的飛姿呢？

目　次

▌輯一

▍輯三

▎輯四

輯五

▋附錄　臉書評論摘錄

野生_截句

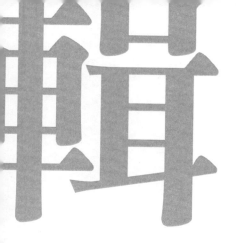

銀紋沿階草愛上了走遠的軟底鞋
黃昏映山紅，晚蟬是秋的計步器

恆河邊小立

河裡每粒沙都寫著佛陀的偈語
風到處搜尋當年他殘留腳印
卻捕捉到屍味煙味牛糞和檀香

恆河明日會捧起今日如一粒沙洗淨

2017年1月27日

時近中秋

發燒的氣候誰來派員送醫？
臨窗的宮粉仙丹說要戴口罩
銀紋沿階草愛上了走遠的軟底鞋

黃昏映山紅，晚蟬是秋的計步器

2017年9月30日

斷

因一顆果實的掉落
輕了的枝椏突地抬頭
想看清是離了還是放了果？

夜臨時才借風撫摸自己的空

2017年9月2日

背影

車陣中你的背影被快利地
剪、拼、切、貼以至閃閃
爍爍終至寂滅。抬頭時

黃昏從寂滅中提煉出一抹晚霞

2017年10月29日

賭博

他抱起九份用力搖了一整夜
地底礦坑鐵道猶隆隆作響

碗蓋掀開，每次都看見
一隻金戒指在骰子上憑空消失

2017年10月23日

不要問

枝椏的身姿，風愛幫忙完成
溪石之塑身計畫得水流決定

淚珠劃過，臉頰想過問：你們
哪一滴是悲，哪一粒是歡？

2017年11月3日

活該

鯨背才稍稍浮出水面
吐完大海最深邃的心情
轉身一躍，翅開一秒大尾鰭

地球又挨了一記清脆耳光

2018年1月28日

野生_截句

退休日
——和蕭蕭兄同題詩

一聲蛙鳴叫暗了黃昏

池上猶有曖曖含光的水色

咬住一條細彎慢轉的路

時光附耳說：安安靜靜回家囉

2018年1月23日

時間的傘

夢是一把傘，被夜撐開
時間之河當頭沖下，滑過

你飄在夜裡，不知抓的是風箏
或降落傘，竟感覺掐著誰的咽喉

　　　　　　　　　　　　2018年1月20日

（刊《乾坤詩刊》85期，2018年1月號。）

野生_截句

附記：詩成後數月，發現晴雨常瑛2017/10/10有句：「夢是傘
　　　／撐開我的詩」（見其〈詩雨〉一詩），未悉巧合或
　　　曾見過，恐有誤會，附註於此。

（夢被夜撐開）

野生_截句

金門

一座用靜製造的島嶼
十二月，鳥是最吵的
米粒相互摩搓那種吵

整座天空翔著張開翅的米粒

2018年1月7日

澎湖

連貓都懂：什麼是陳年精釀的寂寞
每個角落都剪得下一張風聲

每顆人頭都被海淋過
每塊石頭都站過一隻　　燕鷗

2018年3月12日

新社幸福農莊望老鷹岩有得

大甲溪蠶絲一樣穿耳而過

咖啡杯霧氣中旋出一隻老鷹

心，輕立竹葉，屏氣不發抖

圓橘們在山腰築出一片黃昏

2018年2月1日

霧鎖馬祖

浪花衝上禁區，喊：了悟吧！
長在老地雷上的那排花
仍拚命搖頭：誤區勿入

霧起床了，把島的不安揭開

2018年5月22日

夜聞黃嘴角鴞
——宿阿禮部落

鳴鳴叫聲中，山被推得老遠
凡鳴出金屬聲的，均牠之胸腔
幾隻逃脫的螢火迅遭追滅

而床上薄成一片月色的，是我

2018年5月28日

事實

黃昏其實是個幻象
腦裡那顆太陽需要知道嗎？

鹿之時間與我之時間有何重疊？
心中的鐘該懸天地何方估算

　　　　　　　　2018年3月29日

葬

時間搬運不了的交予螞蟻吧
由有　解構成無就拜託蛆蟲了

陰影正在開花
漸漸開滿一座山

2018年3月26日

劫

一根羽毛因不及逃脫

祂眼神的凝視

半空中燃盡成灰

逃走的，天邊也燒成一座黃昏

2018年3月4日

截句

風在笑，仍敢以超微身姿
縱躍時間廣闊的深谷
終究踏抵彼端懸崖的

非箭即　螢火

2018年5月20日

魚跳

整條河伸出手都抓不到的
奮力之一閃，躍離了水面
才一秒，就有一光年那麼遠

落回時，響聲濕了誰的眼眸？

2018年6月17日

野生句

雞血石

醒來門前多出一座山，是過去
左轉，它移左，右拐，它擋右

攀頂而上，視野內竟一片荒寂
夕陽笑我，踩的是腦內一塊雞血石

2018年6月24日

誰敢說哪個字不是詩的野種
鬚根很長，花可開得極小極小

野生

誰敢說哪個字不是詩的野種
鬚根很長，花可開得極小極小
再小的花不也叫花嗎

綻瓣之際，宇宙都感受到震顫

2018年7月16日

成吉思汗
——鄂爾多斯所見

劍尖指前，唯他戰馬是奔馳的劍光

百萬鐵蹄刺繡草原為一部血史

衝進時間大漠仍頹然跪倒成齏粉

你拾起的每粒沙都嘶鳴著一匹　　馬

2018年7月14日

野生_截句

不死
——內蒙所見

敵不過後現代飛起來
薄如單衣的一隻風箏

草原上飄浮著的萬丈雄心
自地平線下猶然伸出手，欲抓

註：在內蒙草原，由詩人許水富
　　及其友人林月桂、許乃武、
　　許美麗、何幸娥等之熱情贊助
　　演出。

2018年7月10日

金鼎

香烇低下頭，看見
願望在下方跪著

媽祖說：跟著我
站到金鼎上來

2017年7月15日

張開

如何繽紛的魚群

海莫不開懷擁抱

塵間再寬的人潮

天使說：都放在翅上

2017年7月19日

袖袍

影子已折疊好　納入
媽祖寬大的袖袍

學習無……我縮小再縮小
香爐中灰為一塵

2017 年 7 月 21 日

（彰化北港朝天宮裡布演）

最心的

昨夜了的思緒正皺褶著天空
雲不斷抽出旅人未完成的織物

你踮起腳，摘下那朵最心的
而丟落的遠方，鐵道上到處都是

2017年7月30日

必要的心寒

夠寒，心才能結晶
你聽，風中叮噹飄的小音箱

羽毛般一朵雪花挺身在指尖
天凍後等吐出的就這句冰涼的禪

2017年7月24日

預言

語言鑽進歷史灰燼中
汲取餘溫，土撥鼠似翻個身
望見一個嶄新時代的下半身
已然滑進另一堆灰燼之中

2017年7月23日

轉身

整座夜空只有一朵雪花

在扭腰轉身的瞬間才恍然

自己是被月光摸過頭的貓

回吻了月亮後　甘心墜地無聲

2017年7月22日

悟

木魚在手指頭反覆啟發下
啄亮了經書的咒語

小沙彌雙掌用力一推
敲響了木樁中最初那句鐘聲

2017年7月14日

樹木銀行

每株樹都是一座銀行
葉子的花的，種子的蟲子的
蟬的風聲的雨滴的樹影的

木在天地間，於我的胸膛上敞開

2017年7月13日

擄

燭光鑿出神祕的殘荷

交給玻璃

一座寧靜的峭壁，直到——

一縷輕煙輕鬆擄走滿室的光芒

2017年3月24日

孤磚

一塊沒被砌上牆的磚頭
蹲在地上，是自由的

或該是悲哀的
做著被狂風吹上牆頭的夢？

2017年9月17日

野生_截句

晨鳥

鳥叫聲在窗臺上跳盪
它的影子你看到了嗎
風吹過，斜斜的，瀑布似
傾洩窗下剛睜眼晨光裡

2017年9月13日

宙斯

他是公牛，是天鵝是黃金雨
穿過整排大腿後只見一片荒原
飛進層層沼澤也沒摸到什麼黑箱

凡是男腦都孵出他下的一窩異形

2017年10月28日

黑夜是電波做的

黑夜是電波做的，不可思議地流竄
驚醒時如突豎起碑，當了夜的邊界

拿出手機，權充邊境的關卡
祂踩出幾行外星人腳印，越界飛走

2017年3月24日

夜心

每一條街都是夜的港灣

車是小艇　樓房是大船

抱一街燈影　狂舞出黑色浪花

最後醉歸的傷　在夜心起乩了

2017年7月7日

讀報

心跟著地球在眼球裡旅行
尺幅間，聚攏臺島拼盤世界

今早開門陽光便把微笑藏起來
看見臺灣自天空蓮花樣，墜毀

註：此「讀報截句」的句子來自
　　「（藥如何）在（身體）裡旅
　　行」6／13B4版上方＋「把微
　　笑（收）起來」A13版上方＋
　　「看見臺灣」、「墜毀」6／
　　11A1版）

2017年6月27日

有時是字與字的拍手
有時是心　滴在　心上

詩的原因

有時是字與字的拍手

有時是心　　滴在　　心上

2018年2月13日

野生_截句

誰的江湖

像不斷的旋律，不理傲慢的城
無影無形，尊貴而從不落地
不知下一刻會傳唱到誰口中

只願空中漂流，名號就叫江湖

2018年1月29日

字的尖叫

居無定所，字在漂流
通過夜的眼瞼時
被睡夢中我的睫毛夾住了

數聲尖叫，不明究竟，就詩了

2018年4月21日

截句
——關於行數兼答友人

一盞燈多亮才夠呢？

眾城高射火球懸天嗎？

林裡流螢夠否？壙地燐火如何？

苦花魚亮個身又讀矽藻去了

2018年4月2日

悟

那乍現的恍然是一小塊冰
是舌頭上即將溶化的舌頭
是不擬久坐的靈感

唧唧掠過心坎一隻涼涼的蟬

2018年4月10日

巢

巢空著，空著形式
向天空欲抓飛走的內容

偶爾回憶乜斜眼
丟給你幾片翅的投影

2017年10月10日

燭

以為可以是黑夜裡的一根刺

焉知身世皆寫在
自己動盪的影子裡

2018年2月21日

賞花路

上山的路從來無須收費

一隻黑蝶突停在路口上下揮

手，叫所有眼神都慢下速度

黑蝶說現在起　心也要交通管制

2018年3月10日

五月

在郊外發現一座靜寂的空屋
屋內天窗下一柱斜光
一隻蜘蛛在結網

那就是整個五月的宅邸了

2017年10月8日

野生_截句

折射

有誰能以光之腳跡走進你呢
照亮，無聲，向各個暗的
角落全方位折，與射

如溫暖一座早晨的池塘……

2018年5月21日

摩擦

迷途，輾轉於霧中
直到擦過一個轉角
整座城才突然醒來

夜晚時背瘀青了一大片

2018 年 7 月 5 日

沒有風，哪有皺褶
——借句並和蕭蕭〈沒有了然，哪有一切〉

天下所有的問題
不一定都有風清掃

風掃過的足跡，在荒漠上
驟然的游出水的皺褶

2018年7月24日

蕭蕭原作

〈沒有了然，哪有一切〉

天下所有的落葉
不一定都有和尚清掃

我走過的足跡，在雪地上
驟然的空與了然

2018年1月1日

野生_截句

思緒坐在金色灰塵上

牆頭上的貓踩響了
午後三點的鐘聲

沿牆掉落的陽光交頭接耳
那曾與飛塵間金色的細語

2018年2月11日

九份阿妹

雨的腳步總也不老，踢踏階梯
女子現身茶樓，微笑仍不肯皺
一百年了，她說，九份還是男人

指一推，推落雲朵，全新了山海

2017年10月20日

註：此「小說截句」採用方向（２）「截取小說成詩」。
　　「尹雪艷『總也不老』。……連眼角也『不肯皺』
　　一下」，見白先勇《臺北人》頁１之永遠的尹雪艷首
　　段（爾雅版，1983），或參見網路http://www.haodoo.
　　net/?M=u&P=A244:1&L=book）

九份雨

開了窗像貓張了眼
遠山近海都瞇在裡頭

這裡每間房都能伸懶腰
雨後淋濕的腿正等乾透

2017年10月16日

傘

你的笑張開的

傘，是真的傘

2017年10月11日

悟

那是不醒的長夢在尋找的
一雙眼眸嗎？突地一睜

你是被春搜尋最最後照亮的
那片雪

　　　　　　　2017年9月18日

賞鳥

東邊鷺鷥啄羽，西邊的抖開晚霞
看不見的細羽掉坐寶特瓶艦上
巡經已把下午打盹完的夜鷺腳下

賞鳥人正舉鏡，隨黃昏遊目四顧

2017年11月1日

春天來還利息

定存一整年的春今早還利息了
用一朵白茶花敲開我的窗
是觔斗雲摺的呢，載起幾隻白鷺鷥
飛遠了還灑下一山坡一山坡紅杜鵑

2018年3月5日

漁光歲月
——坪林所見

青斑蝶穿過紙飛機射出的笑聲

點亮　黃昏眉下幾盞燈籠花

童年走下步道後再沒回頭

溪底苦花魚以螢火不停揮手

註：漁光國小建校近百年，一度曾
　　是森林小學。苦花魚覓食翻身
　　亮閃，有水中流螢之稱。

2018年5月1日聯合報副刊

吊在草尖上那個早晨

邀六十年前那個早晨前來聊聊
操場上唯小小露珠懸左，旭日浮右
我童年吐出一顆彈珠朝左側滾去

滾進露珠，瞇成母親的笑眼，隱去

2018年8月12日

野生_截句

插入鑰匙
就轉動了靈魂

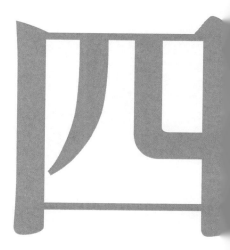

呵欠連連的初夏

整座天空一早就掉入小池塘裡
小池塘是陽臺茶几上一隻小瓷杯
半片殘葉正飄浮瓷杯的雲霧中

咦，殘葉上半臥一閒人，啊是我

2018年4月14日

戲劇

插入鑰匙

就轉動了靈魂

氣泡自心底向上浮去，變

變變、直至脹破，何其過癮！

2018年4月15日

情節

只屬於星空的憶
該焊在夢的那塊磁碟裡

且收藏一野的河於一片窗上吧
要不捧起數絲花之旋，置兩眼中

2018年4月26日

駭客任務

「我們觀察的世界並不存在，

　我們觀察到的不是世界」（愛因斯坦）

死不過是將滿格式　化成空

錫安找的救世主這回已第六代了

任誰都可在虛擬中活得真

只要忘了淚和吻是程式滾動的結果

註：【電影截句】影片簡介https://www.youtube.com/watch?v=
　　dT-2ndqwWOo，大陸譯「黑客帝國」

2018年4月30日

漂流木們
——觀洛夫紀錄片《無岸之河》有感

歲月再長，與土地終有一別
因緣能裸身相疊，春汗即夏雨

之後你海我陸，秋在奔馳
冬寒時你或會在一縷煙裡聞到我

註：【電影截句】影片簡介https://www.youtube.com/
　　watch?v=lK_VCm6VAqs

2018年4月30日

閃電和龍捲風
──送洛夫先生

一生自筆尖霹靂出閃電

劃亮旅人胸中窩藏的黑夜

半世紀在掌上製造龍捲風

魔幻被時代一再綁架的天象

2018年5月1日聯合報副刊

中秋之心

「月光我吧，水上的天臉！」

沉下去多年的一顆
鵝卵石，終又被推上岸
在水腳處開始大口　呼吸

2017年9月27日

入心

蟬鳴了，在耳中捏出皺褶
蟬寂了，用尾音滑平了皺褶

月亮笨笨的，低到窗口問
禪入心了嗎？

2018年7月25日

閃亮

刀削鋼磨一片片玉石

金絲永久綁住

綁在中空的時間之金縷衣上

那閃跳著叫囂著的一個個名字

2018年3月11日

餘威
──關於羊頭主義的末日

剩下的最後一點點冬天

走到觀音的鼻尖

腳一蹬，飛天去了

天空隱隱有字：且去一覽眾山小

2018年3月15日

防風林
——小葉魚籐的五種命運之一

站在陸地也是海的邊緣
浪大風大，連落日掉下來

重量大小都不一，黃昏湧過來
會不會滅了頂，也防不勝防

2017年12月31日

綠籬
——小葉魚籐的五種命運之二

疏是腰身，想讓你看
密時是牆，不讓你看

籬上擱過的朝內或朝外的
眼睛，風輕易就穿透

2017年12月31日

盆栽
——小葉魚籐的五種命運之三

擱在高樓，窗邊即懸崖
遮陽、捧灰、吸收PM2.5

這世界沒有更好的位置了
雙腳被安插進一個盆子

　　　　　　　　　　2017年12月31日

花藝
——小葉魚籐的五種命運之四

前面坐著的，都是主角

身後當背景像駐紮邊境

讚嘆或批判水槍樣噴來

站著的，註定被噴得最多

2017年12月31日

野生_截句

斜斜
——小葉魚籐的五種命運之五

天生斜斜的身子
邪邪的一臉站邊邊的份

影子斜了可駐守得更遠
遮弱護小，很想遮住天邊

2017年12月31日

開不開

蝴蝶揮動牠過大的袖子
一朵杏花拒絕開門
我的眼睛載我，趁隙飛入探視

要開不開藏著天堂的一瞬影子

2018年1月25日

野生_截句

心裏的沙與漠
——和蕭蕭兄沙與漠

心的引擎累世轉得不順

何不冒險取出引擎裡的沙

想這一生就能群馬嘯湧追得上

總漠漠飄然於天邊的　你

2018年1月22日

蕭蕭原作

〈沙與漠〉

如果能把累世的

眼裡的沙

取出、鋪放

漠漠相連就是這一生奇特的景觀

註：

1. 南朝齊・謝朓〈游東田〉：「遠樹曖阡阡，生煙紛漠漠。」（漠漠，隨意散置貌）

2. 唐・王維〈積雨輞川莊作〉：「漠漠水田飛白鷺，陰陰夏木囀黃鸝。」（漠漠，密布羅列貌）

3. 唐・杜甫〈秋日夔府詠懷奉寄鄭監李賓客一百韻〉：「兵戈塵漠漠，江漢月娟娟。」（漠漠，灰濛昏暗貌）

4. 宋・秦觀〈浣溪沙・漠漠輕寒〉：「漠漠輕寒上小樓，曉陰無賴似窮秋。」（漠漠，寂靜無聲貌）

2018年1月20日

倚著窗的冬日

窗子剛整型完的天空

烏雲又來叼走了下午

乃自眼底奮力射出最後一線光

勾住天頂雨便一幕幕地下了

2018年1月9日

野生_截句

舌頭一天都懶於起身
咖啡了黎明，茶了黃昏

長途旅行

腳著不了地，空間拉得開開
所有軟體都在飛行
時間搖頭，無力可施

旅行將我，緩慢地程式更新

2017年8月12日

野生_截句

舌的背後
——海外看課綱風波

歷史是一鍋舌頭寫的
靠唾沫即足以攪濁真相

暗中攪碎那堆舌，不必出手
百姓就排出好看的劇本

2017年8月28日

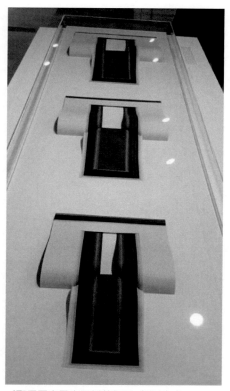

（聖保羅市日本屋紙藝作品〈舌本〉）

千湖沙漠

最動的靜是風坐沙上
翻滾著地平線

最大的色塊是黃，其中有
上千個藍點，天滴在裏頭

2017年8月27日

（下圖翻拍自巴西當地攝影集）

上帝之城
——里約觀感

白離黑如歐洲離非洲不遠

十字架離兩把劍也非常相近

貧民窟們是老踢不進門之足球

悻悻然，圍觀耶穌山的完美

2017年8月22日

（里約有四分之一人口，超過140萬人，居住在里約746座貧民窟內）

里約耶穌山
——聞上帝是巴西人有感

一尊舉高千里沃土的王
在巴西人喉裡照樣顫舞森巴

眼光下視　就滑出億萬戶人家
雙手張開即一座大洋

2017年8月20日

舌之史
——蔬食頌

每每收天容地，啄一頁紅土
吻一夜藍雨，嚼金光，汲紫影
或渾然參與，或躲藏無門
舌頭日日記下，味道的彩色史

2017年8月18日

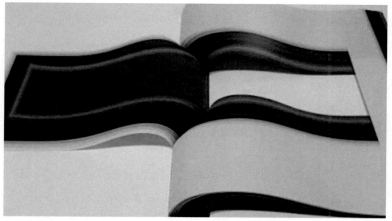

（聖保羅市日本屋紙藝展作品〈舌本〉）

訪里約近郊夏宮有感

高過皇族們宮中任何算計
勝於金杖、皇冠和高貴的指紋

葡萄牙語如一顆足球
在巴西的喉嚨裡翻滾

2017年8月15日

躺在里約海灘的舌

閃躲過喉與唇齒的擦摩

舌頭一天都懶於起身

一隻水獺與你一起發呆

咖啡了黎明，茶了黃昏

　　　　　　　2017年8月14日

野生_截句

冬日里約36度C

爬上沙灘橫越馬路的海濤

衝進老街時巷弄隆隆作響

跨樹攀瓦竟以浪叩我八樓的窗：

天炎炎，入內冷氣一下可否？

2017年8月13日

魔鬼喉
——伊瓜蘇瀑布所見

每一秒這條河都把頭伸前一次
幾萬噸巨軀墜落八十米深的斷
頭檯下碎了一切

有一滴水是我　想爬起去摸河神的衣角

2017年8月21日

野生_截句

夜探平等院鳳凰堂楓事

腳步聲一夜擦響簷頂鳳凰的嘴喙

圍著湖心閣中　上下一尊大金佛

漆黑的信仰借楓紅烤暖冷冬

湖中萬影　幻進幻出

2017年11月

（刊《乾坤詩刊》85期，2018年1月號）

楓紅京都

金烏與地水風搜盡樹底的　火
烘楓林如珊瑚紅黃昏
伸千萬隻指尖捉拿一地舉鏡人

最後都放手，隨四大墜落成灰

2017年11月

（刊《乾坤詩刊》85期，2018年1月號）

野生_截句

（捉拿一地舉鏡人）

在馬尼拉灣
──呂宋島印象之一

地平線小心地佈著憤怒

盯著瀟灑又荒謬的海灣

夕落時車聲追過潮聲

淹沒十字架們優雅的揮手

2017年9月29日

夜宿南竿刺鳥書屋

頭髮上長滿五節芒
脖頸以下泡在海裡

眼睛已隨臺馬輪遠航了
迅即被抓回黏在玻窗上

2018年6月11日

詩人與他的詩

一罈甕鑿開光
放手他的酒說

去吧！我不能
永遠藏住你的香

2017年7月12日

（馬祖酒廠露臺上詩人林禹瑄布演）

詩

每一罈靈自己感的酒

都麴了一隻　精
窈窕好心　形好己狀

顏好己臉　才香現人間

2017年7月5日

（馬祖酒廠曬甕露臺上布演）

村廟
——澎湖所見

煙般的願　堂堂坐鎮村口
陶瓷一座皇冠似廟宇

讚歌點亮胸膛　光就不會熄滅
走時也感覺自己是海面的流星

2017年8月31日

迷霧
——馬祖霧中候機有得

刺鳥像對準一根刺插入12據點
民宿海角枕戈，咖啡館山頂待旦

仍有大砲連竊笑地勃出鋼管
暗中攪動著海峽端來的迷霧

2018年6月12日

木魚叫醒了一早晨的

空

2014年2月27日聯合報副刊「一字詩」

野生_截句

費一生工夫才挖開的穴

空

2014年2月27日聯合報副刊「一字詩」

色×光速²＝

空

2014年2月27日聯合報副刊「一字詩」

$$有 \times 光速^2 =$$

無

2014年2月27日聯合報副刊「一字詩」

邪而美九份藏最深的金

心

2014年2月27日聯合報副刊「一字詩」

野生_截句

一張臉撕一千次才看見

A

2014年2月27日聯合報副刊「一字詩」

波浪無所不在你的最好

B

2014年2月27日聯合報副刊「一字詩」

被咬千萬次還想望圓滿

C

2014年2月27日聯合報副刊「一字詩」

附

臉書評論摘錄

錄

亢龍應有悔，恆河吐哀歌
——讀白靈截句詩〈恆河邊小立〉有感

阿海

【截句】〈恆河邊小立〉／白靈

河裡每粒沙都寫著佛陀的偈語
風到處搜尋當年他殘留腳印
卻捕捉到屍味煙味牛糞和檀香

恆河明日會捧起今日如一粒沙洗淨

　　起始句的「河」刻意不說破，將印度的聖河——
「恆河」伏筆於會「寫」「佛陀的偈語」以普濟芸芸
眾生的「沙」為線索，昭示此河有著不平凡的身世，
有著始終如一澤被每一個仰其鼻息、賴以生計的慈悲

心，並提供後續產生「變化」後的對照。

　　第二句的承接以「風」（詩人）的主動「搜尋」暗示「他」（恆河）是真確有過如何的「美好」流景，而「腳印」的「殘留」即是記憶的種種象徵，正試圖予以一一召回，以驗證此河繼往開來的不變的存在，卻也意謂著此河從「當年」（過去）來到現代之後，即將面臨或已經面臨的巨大變化。

　　於是在第三句裡有了大翻轉，我們果然見到了詩人一一痛陳的巨變畫面，詩中還以「捕捉」一詞自諷，亦同步嘲諷於世人。見聞那駭人的屍味、有害的煙味、作噁的牛糞……竟與供佛的檀香和平共處於同源同流的河水之中。這不遠千里的追尋究竟所為何來？那顆朝聖之心又是如何的一種情何以堪？驚恐畫面比比皆是，亦歷歷在目，宛若一場揮之不去的惡夢。

　　恆河自古即是飽受外物反覆污染的河川，詩人在末句的表現極為動人，除了與第三句調性反差，詩人還刻意將此句與前三句分段、斷開，藉以切割不好的，對恆河也表達敬畏之意（捧起），那恆久不變的

如日月般輪番照拂、洗滌人心、淨化人心的悲憫襟懷，故仍願意抱著一絲希望，期許未來有所「美好」的轉變（再如何被糟蹋也是如此了），所以即便已身是渺小的一粒沙，即便這個期望是那麼的那麼的微弱。

詩中末句「一粒沙」的收束與首句「每粒沙」相呼應；四句詩都做意識主動性的表態：／河「寫」佛陀的偈語／、／風「搜尋」殘留腳印／、／「捕捉」到屍味煙味牛糞和檀香／、／明日的恆河會「捧起」今日的自己／。就詩的完成度已具備，但就主體「恆河」卻是未完成（恐難完成）且極為艱鉅的課題。

——阿海讀詩、學習2018年1月28日

結晶的「禪」
——白靈〈必要的心寒〉

懷鷹

【截句】〈必要的心寒〉／白靈

夠寒，心才能結晶
你聽，風中叮噹飄的小音箱
羽毛般一朵雪花挺身在指尖
天凍後等吐出的就這句冰涼的禪

　　白靈兄大概遇到了一些不順心的事，才喊出「必要的心寒」，那是一種決裂。但詩並非因這而起，心寒之前隱去「必要」的「故事」，只有狀態。
　　「夠寒，心才能結晶」
　　按照邏輯，心是不可能結晶。結晶是一種美麗聖

潔的晶體，反映人個性中最為瑰麗的那個片刻。但白靈兄反其道而行，結晶是因為「夠寒」，這寒已超越人可以抵禦的程度。

筆鋒一轉，詩人要「你聽，風中叮噹飄的小音箱」。同樣，小音箱不會在風中飄，飄的是「叮噹」響的聲音。小音箱是風鈴的換喻，聲音悅耳，但寂寥。此時已是冬天，才會看到羽毛般的雪花，落在指尖上，畫面清晰，指尖上挺立的雪花，也可暗喻一種孤獨的守候。守候著「天凍」，雪花變成「冰涼的禪」。禪的境界不是人人可感悟，要說是禪，那是詩人的「冥想」帶來的心理反射，欲說不說，留下冰涼而空茫的「禪」。

小音箱──雪花──禪，何處是心，何處是寒，只可意會。

2017年7月31日

野生_截句

〈孤磚〉點評及回應

懷鷹、杜文賢、冰夕、陳藍芸及謝輝煌等

　　拙作截句〈孤磚〉2017年9月17日於個人網頁及
《facebook詩論壇》同步刊出後，詩人懷鷹、杜文
賢、冰夕、陳藍芸及謝輝煌等分別加以或長或短的點
評，筆者也略作回應，現按時序分享於下，以供愛詩
人參看。

原詩

【截句】〈孤磚〉／白靈

一塊沒被砌上牆的磚頭
蹲在地上，是自由的

或該是悲哀的
做著被狂風吹上牆頭的夢？

懷鷹點評

　　孤獨是個比喻，孤獨的磚比喻被遺棄的孤獨的人。

　　當它「蹲在地上，是自由的」，這是個反諷，不被人世發現的孤獨的人，在某個意義上也是個自由的人。他不必理會人世間的紛擾，孤孤獨獨的活著。

　　對某些人來說，也許是一件悲哀的事，只能「做著被狂風吹上牆頭的夢」，老想飛上枝頭，但這只是

一種幻覺，更貼切的說，是一場無法實現的美麗而慘烈的夢。老想飛上枝頭，但這只是一種幻覺，更貼切的說，是一場無法實現的美麗而慘烈的夢。

　　孤獨者做的夢，豈不也是「孤獨」的夢，只宜自己咀嚼複咀嚼，誰來關注你，扶你一把呢？不過，有夢還好，如果連夢都沒了，恐怕這孤獨真是澈底的孤獨。

白靈回應

　　體制、或主流或大國常是一種必須入列的牆的秩序，而體制外、邊緣者或小島常不被編列其中，感覺這種孤獨竟是一種自由，可以隨心任性、自在自如或極實驗極前衛，孤或憤或奮均宜，而不必悲哀消極、光做枝頭想而無行動，如懷鷹兄所說那將是「美麗而慘烈的」。

　　蹲在地上的磚感受的面積和風和雨和陽光和陰影和移動和自我彩繪的可能，是遠勝於牆上的每塊磚的。

杜文賢點評

　　白靈兄，我有其他理解，先做緊要的事，再整理自己看法。

　　我讀到的是、您藉著香港來寫臺灣，告誡一些人不要做「吹上牆頭的夢」。

　　讀您的詩不能單做字面解讀，我把孤磚理解成孤島，解讀的空間就很大了。

白靈回應

　　「藉著香港寫臺灣」，這觀點有趣。入牆與不入牆，結果難料，但被編列與不被編列之間，可外指也可內指，可實亦可虛、可大亦可小，臺灣當下處境當然也算。

謝輝煌點評

「牆」未砌好時，地上的那塊「磚」不能算是「孤磚」。因為，後面還有「磚」要來。工人再次上工時，那塊「磚」可能要放在門楣上。如果「牆」已砌好，「孤磚」要做「牆頭的夢」勢不可能。只有幻化為「草」，才能去做「牆頭草」的夢。一笑。

冰夕點評

「孤磚」之絕，主清流，滲仁義；體制不全，何添烏紗折腰牆頭，風吹草？

　　不如歸去，塞外
　　自由駛得明哲保

此〈孤磚〉一擲！無論小我大我，皆震懾了每一年代裡的志士

張靜點評

或許學學青埂峰下那塊頑石^^

白靈回應

說的是，不被編列，乃可頑可玩可遊可完整也可
自我碎裂。

陳藍芸點評

既為人世，那麼「情與癡」怎能缺席。作者云：
「滿紙荒唐言，一把辛酸淚。都云作者癡，誰解其中
味」。

若是「滿紙荒唐言」後，就能讓國際文學家對
「紅學」的熱情研究或爭論，那或許無需做著「被狂
風吹上牆頭的夢？（不管它是何含意）」學青埂峰下
那塊頑石不被編列，乃可頑可玩可遊可完整也可自我

碎裂。

　　人生難過百，難得「安逸自在」。被砌上牆的磚頭，是否被禁錮了。

白靈回應

　　被編列的沒有時間思考，不被編列的多的是思索何以孤子的理由和不斷尋索如何活得有生趣。

陳藍芸回應

　　被編列的通常是「棟」是「樑」，贏得喝采！有時也會「高處不勝寒」。

　　不被編列的，或許平庸，或許隱匿。然「人生舞臺」上什麼樣的角色都得有人扮演，才能構成一部有看頭的好戲。

　　其實每個人都是作家，也是編劇，都在寫自己的「人生腳本」。能為自己編出好劇本，能讓自己過得

快樂自在，人生就不留白。

　　角色的輕重不是絕對重要，畢竟「主角」不多，而且需承擔票房壓力。

白靈再回應

　　因此不被編列是幸或不幸全在個人眼光及意志囉！樂於當個不被編列的邊緣人。

陳藍芸再回應

　　自覺學識淺薄尚需充實，當個不被編列的邊緣人（恰如其分）角色。

謝輝煌回應

　　白靈兄的詩、可解讀成「遇」與「不遇」的問題。女媧留下的那塊石頭，後來不是被曹雪芹挪去寫

「石頭記」了嗎？（見《紅樓夢》第一回。）又第七十回，曹氏又借柳絮來做題目。黛玉說：「嫁與東風春不管，憑爾去，忍淹留！」寶釵說：「好風憑借力，送我入青雲」，便又是一個境界。

〈舌的背後〉點評及回應

懷鷹、白靈

原詩

【截句】〈舌的背後──海外看課綱風波〉／白靈

歷史是一鍋舌頭寫的
靠唾沫即足以攪濁真相

暗中攪碎那堆舌，不必出手
百姓就排出好看的劇本

懷鷹點評

　　歷史的創造者來自人民，而不是那些政客，他們靠的是那條毒舌。歷史的書寫也是如此，後朝修前朝，總是污蔑、篡改、扭曲，把所謂的功績集於一身，彷彿他們才是歷史的全部。真相往往被掩蓋，在政客的筆舌下，「靠唾沫即足以攪濁真相」，這就是歷史的吊詭。在強權底下，老百姓只能「暗中攪碎那堆舌」，口舌相傳，心裡的那把秤浮出水面，不必靠劇烈的革命行動，也能創造歷史，劇本最終要靠老百姓來寫。

白靈回應

　　懷鷹兄看到了百姓的可能和不被矇騙的利害，這是積極的思考方向。但原詩本來是要寫強權創造了舌、還有「暗中攪碎那堆舌」的能力，百姓往往無所覺曾有舌的存在。亦即劇本是強勢者所寫，百姓是劇

本中的小角色而已。

　　看來，詩寫到第三行時未將此意交代清楚。還是也可有不同看法，小說家或是其中清明的百姓？

懷鷹回應

　　作者在寫詩當下的心情和想法，也許只有作者才知道。讀者根據自己的感覺和經驗去讀詩，常常會誤讀。十個人讀同一首詩，也許會有十個不同的意見，這也很普遍。詩除了正面解讀，還有多層次的解讀，這正是詩之所以令人「迷惑」或引誘人的地方。

　　誤讀是一種美麗的觸覺，如果百分百的讀出作者的創作動機，詩寫的狀態，有時未必是一件美事。

　　詩也不需要「交代」，讓讀者一目了然，存在本身儘管有這樣那樣的「閃失」，未嘗不是令人思考的空間，尤其是在旅途中所看到的，經常都會結合一些特殊的景觀來寫，對讀者來說，是不熟悉的場景，只能憑自己的想像和經驗去看。要在短短的四行詩裡既

表現特殊的景觀，又結合歷史脈絡，又要讓讀者從中領略，委實不容易。歷史本身是枯燥的，要在這枯燥的氛圍裡營造趣味，確實要有點膽魄。

白靈兄的這首詩不是在探討歷史的功過，而是藉助那特殊的景觀，跟異於我們的「歷史」開了個嚴肅的玩笑。就這點來說，歷史的縱深不是詩表現的主旨，而是一種奇異的聯想，又結合了詩人對景觀的感觸，與其說是歷史建築之旅，不如說是心靈與「歷史」碰撞交融之旅。

白靈再回應

懷鷹兄所說極是，「誤讀」不一定是誤讀，有時是作者力有未逮，有時是解者自身的見證或看法，反而是推開閱讀空間的一種方式，有助一首詩更多解讀方向。此詩或即是。謝謝！

帝子歌：
白靈〈魚跳〉「誤讀」

余境熹

　　白靈寫截句，喜歡提到「魚」，例如〈冬夜觀星〉：「遊天的雲都說自己是宇宙神仙魚」；〈回到漣漪的中心〉：「魚眼閃過賊影，分明那冤家……」；〈總有這個時候〉：「被挖鰓去臉的　一尾魚」；〈詩是一桿釣海〉：「從未命名的魚裂嘴而笑」，等等。特別涉及「苦花魚」的，即有兩首：〈截句──關於行數兼答友人〉謂「苦花魚亮個身又讀矽藻去了」，〈漁光歲月──坪林所見〉則說「溪底苦花魚以螢火不停揮手」。彈鋏而歌的白靈，詩中似不可無魚。

　　整首截句詩都寫「魚」的，可以舉〈魚跳〉為例：

　　整條河伸出手都抓不到的

　　奮力之一閃，躍離了水面

　　才一秒，就有一光年那麼遠

　　落回時，響聲濕了誰的眼眸？

　　　白靈在首兩行具體寫「魚跳」的情景：魚兒自
水中躍出，浪波即或上湧如「伸出手」來，也「抓」
不住活力充沛的魚；「奮力之一閃」後，魚兒的身影
就「離了水面」，顯得十分靈活。白靈的散文詩〈飛
魚〉亦曾寫過：「海弓起背時，一隻飛魚開鎗將自己
射出，鰭展成翅，拚命揮——魚蝦瞪眼，浪花扼腕，
抖開水抖開海。」寫魚彈跳出水，歷歷在目。
　　　〈飛魚〉的主角無法久留空中，白靈續道：「但
才幾秒鐘，飛魚就將自己射出三百公尺那麼遠，卜的
一聲，射進大海的胸膛。」轉瞬間又墜了下來。〈魚
跳〉亦如是，那魚兒也不能一直騰空。但僅僅「才
一秒」，牠打破現狀的嘗試就令人看得出神，徘徊尋

索，以致讓白靈的思緒飛到「一光年那麼遠」。

　　這裡插一筆：「截句」的原意是從舊作截取行句，加以翻新。白靈的〈魚跳〉不直接摘用〈飛魚〉詩行，卻屢屢與前作相對，截其意不盡截其辭，這或許也是「截句詩」擴充意涵的一條路徑。

　　回到文本，〈魚跳〉的最後一行分節，提出問題：「落回時，響聲濕了誰的眼眸？」如果把它視為開放式的謎題，答案任憑讀者聯想，那也不錯，可以拓闊詮釋空間，甚至增加讀者的代入感。但細緻鉤沉，發掘原初的意圖，對理解白靈此作還是別具意義的。

　　白靈的「截句」觀念與唐詩有所聯繫，其〈截句的原因〉亦是複寫、改寫杜牧的〈宮詞二首（其二）〉。〈魚跳〉所涉的，則是「詩鬼」李賀（790-816）的〈李憑箜篌引〉：「老魚跳波瘦蛟舞。」「老魚跳波」典出《荀子・勸學》：「昔者瓠巴鼓瑟，而流魚出聽」；《淮南子・說山訓》亦謂：「瓠巴鼓瑟，淫魚出聽」，高誘（？-212後）注雲：「瓠巴，楚人也，善鼓瑟，淫魚喜音，出頭於水而聽

之。」【註】到了李賀（以及寫〈魚跳〉的白靈），魚就不止「出頭於水」，而是要躍出波濤。

　　白靈〈魚跳〉的「魚」為「老魚」，年紀不輕，因此才需「奮力」而跳；跳的原因，則為聆聽優美的樂音，為藝術所吸引。那麼「整條河伸出手都抓不到的」，就不僅僅是「魚」，更指藝術的躍動；而絕妙樂音帶來的震撼，確實「才一秒」，便能使受眾的思緒飛到「一光年那麼遠」，心中開出宇宙之花，且迴盪不息。

　　到「落回」時，那「響聲濕了誰的眼眸」？按李賀〈李憑箜篌引〉，答案是寒兔：先是「芙蓉泣露香蘭笑」，樂音低迴如芙蓉在露水中飲泣，然後是「露腳斜飛濕寒兔」，灑落的露水把兔子的眼眸弄濕。兔子的眼睛本不會分泌淚水（所以現代的化妝品才會選擇白兔來進行測試），但李賀、白靈筆下的藝術卻能使之有淚意，從而凸顯出樂音之感人。

　　李賀是親身在長安聽著「李憑中國彈箜篌」的，白靈則更似是寄託一種理想、一種追求。老魚「奮力

之一閃，躍離了水面」，能夠影響深遠，打動眾人；
白靈從大學專任的教職退休後，所帶領的詩學運動
又能否保持活力，突破現狀，產生更廣泛的影響呢？
「一秒」的離水，短短的「截句」，在白靈心中，是
同樣足以帶來「一光年那麼遠」的感動的，儘管「整
條河伸出手」，都攔阻不住。

　　在白靈另一首截句詩〈你如何推開詩〉裡，他寫
道：「毛毛蟲如何推開牠的毛／霧非風　如何推開飄
／／魚推開得了水嗎／笑非喉該如何推開　笑聲」。
按白靈本意，詩「遍在於彼眾看不見的星球上」，故
詩是人無法「推開」、不能遠離的。這裡單取「魚推
開得了水嗎」發揮──魚是無法推開水的，正如〈魚
跳〉的老魚「躍離了水面」，但最終必「落回」；
詩的運動也如是，開初極富生命力，久了也就變成常
態，需要引入陌生化（奇異化）的觀念，再度注入活
力。詩人鼓動小詩風潮，不必畢其功於一役，只要持
續「奮力」，「一秒」也可與永恆較量。

註：《列子‧湯問》有「匏巴鼓琴而鳥舞魚躍」之
　　語，唯該篇疑為偽作。

2018年6月18日

〈雞血石〉賞析

曾美玲

【截句】〈雞血石〉／白靈

醒來門前多出一座山，是過去
左轉，它移左，右拐，它擋右

攀頂而上，視野內竟一片荒寂
夕陽笑我，踩的是腦內一塊雞血石

　　整首詩充滿戲劇性的變化、轉折與張力。第一節靈活運用超現實技巧。原來（門前多出一座山），（是過去），巧妙的暗喻，虛實交錯，第二行讓畫面動起來，山動了，過去活回來了，第一行的靜與第二

行的動，有對比之美，（它移左）（它擋右）更添懸疑性。

　　第二節筆鋒一轉，情節進入最高潮。不畏各種阻擋與艱辛，終於站在山頂上，眼前（竟一片荒寂），這（荒寂），是馬奎斯的（百年孤寂），亦或是陳子昂的（前不見古人，後不見來者，念天地之悠悠，獨愴然而淚下）？或許更是居住詩人心中，永恆的鄉愁！

　　結尾句的畫面，讓我聯想到，大畫家達利的超現實的畫作；詩人更運用surprise ending的技巧，很有張力。從清晨醒來，眼前站立的一座山，歷經奮力攀頂，到站在高峰，看見的，竟是（一片荒寂）！道盡生命本質的蒼涼與荒謬，蘊涵深刻哲思。最後，詩人將筆鋒輕鬆跳開，一天的盡頭，迎接他的，是微笑又幽默感十足的夕陽，原來腳下踩的，是珍貴無比（腦內的一塊雞血石），好鮮活的隱用。借夕陽之口，幽自己一默，讓讀者的心，也哈哈大笑！

2018年6月26日

不死的詩心
——讀白靈老師的截句〈不死〉

曾美玲

【截句】〈不死——內蒙所見〉／白靈

敵不過後現代飛起來
薄如單衣的一隻風箏

草原上飄浮著的萬丈雄心
自地平線下猶然伸出手，欲抓

　　白靈老師的截句〈不死〉，配合在內蒙草原上，由詩人許水富與其友人們熱情贊助演出的布演，是一首以詩言志，意象鮮明，文字簡潔有力，圖文相互輝映的好詩。

　　一開頭，詩人以（敵不過後現代）側筆的寫法，讓人感受到文字背後，所要傳達的弦外之音。後現代的浪潮，狂捲詩壇，，詩人以（敵不過）三個字，坦言所受到的強大衝擊。也讓讀者強烈感受到，詩中那隻（薄如單衣）的（風箏），努力想飛，力求突破困境的心聲。

　　第二節筆鋒一轉，詩人將自己與讀者的心境，從谷底，迅速拉起。曾有一位古典音樂指揮家，讚揚莫札特的音樂，總是（give us an up），此詩第二節，也讓讀者得到巨大的鼓舞與力量。眼前飄浮的，不再是（敵不過）的絕望與徬徨，而是充滿希望與勇氣的（萬丈雄心）！接著再將視野拉得更遠，從廣闊的草原，一直拉到地平線下。最後，呈現在眼前的，是那雙永不放棄的手。以（欲抓）此一動詞收尾，生動有力，留有想像空間。

　　第一節與第二節，在詩人巧心安排下，虛實交錯，且形成強烈對比，張力十足。我們遠遠看見，那隻（薄如單衣）的風箏，終將再以（萬丈雄心），

（開始拉著天空奔跑）。而不死的，是那顆永遠高高
飛翔的，詩心。

在磅礴意象中看見截句的
另一道光

林廣

【截句】〈成吉思汗——鄂爾多斯所見〉／白靈

劍尖指前，唯他戰馬是奔馳的劍光
百萬鐵蹄刺繡草原為一部血史
衝進時間大漠仍頹然跪倒成齏粉

你拾起的每粒沙都嘶鳴著一匹　　馬

　　很難得在截句中讀到如此氣勢磅礴的詩。更難得的是作者並非在讀史時湧現這些想像，而是在鄂爾多斯被成吉思汗的石雕觸動，才寫下這首詩。

　　這首截句有四奇：

　　第一奇：前三行由實入虛，將眼前的雕像（首句—實中帶虛）與過去的歷史（次句—虛中藏實）連結起來，再對成吉思汗的功業下了論斷（第三句—虛）。「衝進時間大漠」，寫成吉思汗的赫赫戰功，足以在青史留名；但「時間大漠」畢竟非人類所能征服，任你如何強悍，也將跪倒在時間裡，成為齏粉。這樣由實入虛，以小襯大，將成吉思汗的一生功過凝聚於劍尖、戰馬、齏粉。

　　第二奇：最後一行由虛反實，讓意象回歸眼前「戰馬」的形象。這是很難的的筆法。「拾起的每粒沙」，是想像的動作，屬虛。「每粒沙」，指的可能是踩過的每一寸土地，征服的每一個國家。裏頭都「嘶鳴著一匹　馬」，則跟眼前的實景相扣，含有多少戰馬嘶鳴，多少戰士犧牲的慘烈。也因為以實的「馬」收結，才能壓住陣腳，與首句相呼應。令讀者耳際彷彿迴盪著戰馬的嘶鳴。

　　第三奇：末句的「你」，究竟指誰？是一個有

趣的問題。有兩種可能，一是指成吉思汗。作者想像成吉思汗俯身拾起沙子，彷彿在每粒沙中還聽得見戰馬的嘶鳴。二是指遊客（包括作者自己）。因為第一行「他戰馬」，是用第三人稱來指稱成吉思汗，那「你」指遊客，也是有可能的，而且分段的區隔會更明顯。當然在寫作時，作者或許沒有注意到前後人稱的差異，或許認為人稱的轉換更能表達他的心境，但這樣已形成了懸疑的效果，讓讀者可以憑自己的聯想進入詩的意境。

第四奇：意象的運用相當靈活生動。例如首句用「劍尖指前」寫指揮的動作，再轉向「戰馬」，並將戰馬比喻為「奔馳的劍光」，由「劍尖→戰馬→劍光」的連結，將戰場主帥帶著千軍萬馬奔馳的畫面呈現出來。第二行以「刺繡」寫成吉思汗立下的戰功，極為精妙。如果寫：「成吉思汗帶著百萬戰士寫下了一部血淚史」，就變成散文筆法。「百萬鐵蹄」的借代，是如此巨大，竟將草原「刺繡」出一部血史，令人怵目驚心。此外，第三句「衝進時間大漠」，省略

了主語，不但讀起來更有氣勢，也同時呼應「他戰馬」（主帥）與「百萬鐵蹄」（戰士），氣勢顯得更加豪壯。

　　因為有這四奇，堆疊出〈成吉思汗〉一波高過一波的浪頭，震撼著讀者的心，也為截句創造了令人驚奇的磅礴氣勢。

2018年7月15日

短評一組截句詩「退休日」

藍月

【截句】〈退休日〉／蕭蕭

箭射過來的那一刻
作為靶的我一點也沒有迎上前去的念頭

昨夜吐落的口香糖有些黏性又不太黏
有些甜味又算不上甜

【截句】〈退休日──和蕭蕭兄同題詩〉／白靈

一聲蛙鳴叫暗了黃昏

　　池上猶有曖曖含光的水色

　　咬住一條細彎慢轉的路

　　時光附耳說：安安靜靜回家囉

　　詩人蕭蕭在〈退休日〉要說什麼？「箭射過來的那一刻／作為靶的我一點也沒有迎上前去的念頭」這兩句都用了修辭學上的轉化法（擬人為物），把自身物化為「箭靶」，以此自況。所謂人在情常在，人不在情無味。這是人生常態，也是社會必然趨勢，我們終其一生都在學習社會化。社會趨近功利，多情的詩人又如何自處？因為多情，當被無情箭射擊時，只有撒手離去，不再願意是功利主義下被議論的箭靶。

　　「昨夜吐落的口香糖有些黏性又不太黏／有些甜味又算不上甜」子曰：不在其位，不謀其政，詩人既已退休，面對炎涼世態，只能回憶往昔，〈在其位〉時猶如昨日咀嚼過的口香糖，恍惚尚有些黏性及

甜味,而無味的人情,則是多情詩人無法理解及承受的,詩人似乎暗示著:有些詩人很現實,翻臉比翻書還快。

　　詩人白靈雅和蕭蕭同題詩〈退休日〉,憐才乎?惜才乎?自古英雄相惜、好漢相憐,這首雅和詩,以俏皮典雅方式提醒,咱們猶如後漢崔瑗的〈座右銘〉:「在涅貴不緇,曖曖內含光。」有才德的人,光芒內斂,只求內在充實,不求表面的虛榮。所以不論天荒地老「一聲蛙鳴叫暗了黃昏」,這一聲蛙鳴猶如那支利箭,告訴詩人時不我予,這片江山已換人擁有,表現手法上是意象的虛實相生,語意上詩人用了借喻手法以彼喻此,如果不是詩題〈退休日〉,可能很令人費疑猜。「池上猶有曖曖含光的水色／咬住一條細彎慢轉的路」擬物為物,靈動的畫面果然吸睛。長江後浪推前浪,一代新人換舊人,這是宇宙必然的法則,與其和世俗功利爭議取氣,不如將光芒內斂,歸隱山林,修身養性。

　　「時光附耳說:安安靜靜回家囉」時光是詩人自

喻，詩人告訴另一位詩人「安安靜靜回家囉」，如此俏皮的安慰，正是文人雅士筆下，含蓄委婉的特色。

2018年1月24日

詩意中的曖昧：
白靈截句詩輯「誤讀」

余境熹

　　白靈在修訂截句詩〈字的尖叫〉後留言說：「果然曖昧才有詩意！」字面不是寫性，卻使人聯想到性，這是創作和閱讀文學時不難遇見的情況。白靈有一輯刊登在《乾坤》85期的截句詩，首首都有這樣的效果，這次先看其最後幾篇。

〈九份雨〉

開了窗像貓張了眼
遠山近海都睡在裡頭
這裡每間房都能伸懶腰
雨後淋濕的腿正等乾透

　　錢鍾書（1910-98）的〈窗〉說，理想的愛人總是從窗子進進出出，「要是從後窗進來的，才是女郎們把靈魂肉體完全交托的真正情人」。白靈詩中，經營妓業的女娼「開了窗」期待可以交托肉身的霧水情人過訪，為自己帶來生意，不管客自「遠山」來，或自「近海」來，她都「張了眼」巴望著。她以宣傳的語調說：這裡每間房都能讓客人「伸懶腰」，放肆舒展筋骨，振作精神；女妓們「雨」（慾）後雙腿正「濕」，需要客人來「乾」（幹）透。

〈巢〉

巢空著，空著形式
向天空欲抓飛走的內容

偶爾回憶乜斜眼
丟給你幾片翅的投影

　　經營妓業的那女人年紀已經老大，「巢空著」可指她的卵子庫存量已耗盡，可指她剛排了卵還在安全期，這些都是她讓男客放心，不怕播種後留下子孫的說詞，她試圖用這些話「抓飛走」的客人。無奈現實是，她老了，魅力不再，「巢空著」意指無人再登門親熱，客人的臉容早消失在「天空」中了。可是，那妓女還是請路過的男人「偶爾回憶」她的青春日子——那時她只要「乜斜眼」，拋個媚波，男客就朝氣勃勃如「幾片翅」振起。回憶裡，她確有美麗的「投影」。

　　〈五月〉

　　　在郊外發現一座靜寂的空屋
　　　屋內天窗下一柱斜光
　　　一隻蜘蛛在結網

　　　那就是整個五月的宅邸了

　　但客人就是不光顧，雨季過了，春天的小鳥飛
走，轉瞬便是「五月」。妓院客似雲散，彷彿變成
「郊外」的「一座靜寂的空屋」。「蜘蛛在結網」用
的是辛棄疾（1140-1207）〈摸魚兒〉典故：「算只
有殷勤，畫簷蛛網，盡日惹飛絮」，謂蜘蛛織網以攔
擋無聲逝去的春意，可惜功效不彰，令人黯然神傷。
插進「天窗」的「斜光」是太陽之物，衍義為「陽
物」，而「一柱」則形容其壯碩如椽，但到底妓女只
見虛空無法把握的「光」，不獲堅實可以操持之物。
一整個「五月」，老妓女的生意都未見好轉。

〈時近中秋〉

　　發燒的氣候誰來派員送醫？
　　臨窗的宮粉仙丹說要戴口罩
　　銀紋沿階草愛上了走遠的軟底鞋

　　黃昏映山紅，晚蟬是秋的計步器

「發燒的氣候」可理解為心中的慾火，急急需要「送醫」療治，意思是祈求客人快快登門。有些男人確已走到「臨窗」位置，距妓女的房間不遠，奈何這班「宮粉仙丹」不肯為老女人治病，還嘲笑女妓年邁體臭，見她時不是要戴避孕套，而是須「戴口罩」。同時，首行、次行的「發燒」和「戴口罩」又可解作妓院內傳染病蔓延（如「宮粉仙丹」花繁衍），女妓就更需籌措醫療資金了。屋漏偏逢連夜雨，妓院內唯一年輕、擁有柔軟下陰如「軟底鞋」的雛妓最近竟轉往他處謀生，那些「銀紋沿階草」般的客人也一同隨她「走遠」。「老舉眾人妻，人客水流柴」，這次連僅有的客人都流走了。看看「黃昏映山紅」，夕陽西下，在「晚蟬」的聒噪聲裡，老妓深知「秋的計步器」快將走完，年底繳租納稅的時候又到了。

〈孤磚〉

一塊沒被砌上牆的磚頭

蹲在地上，是自由的
或該是悲哀的
做著被狂風吹上牆頭的夢？

　賺不了錢的時候，唯有高揚尊嚴──沒有客人也是好的，不用被人花點錢就「砌」（粵語「幹」的意思）。可是，自比「磚頭」的妓女轉念又想，「磚頭」就該是「被砌」、「上牆（床）」的，若果無人理睬，一味「蹲在地上」，好聽點是「自由」，不好聽是空虛寂寞冷「悲哀」。想到肉體無人問津，想到沒錢萬萬不能，老妓女很快又「做著狂風吹上牆頭的夢」，深願「狂」暴的客人如「風」襲來，把她「吹上」高潮的「牆頭」……她要錢，她要滿足，她全都要。

〈晨鳥〉

鳥叫聲在窗臺上跳盪

它的影子你看到了嗎
風吹過，斜斜的，瀑布似
傾洩窗下剛睜眼晨光裡

　　「人又老，錢又無，連妓女也跑路，不死也是廢物」——這樣的說法在老妓心中迴盪不已，令她精神恍惚。她問仍在身邊的其他半老女娼，「鳥叫聲在窗臺上跳盪」，是不是有「鳥」的漢子在窗旁七上八下地心跳呢？「它的影子你看到了嗎」，客人的影子你們瞧見了麼？古人是風聲鶴唳、草木皆兵，老妓是「風吹」草動、花「影」橫「斜」，就激動得高潮連連，如同「瀑布」，對「窗下」掠過的哪怕一絲絲「睜眼」似「晨光」也都「傾洩」不停。

　　〈斷〉

因一顆果實的掉落
輕了的枝椏突地抬頭

想看清是離了還是放了果？
夜臨時才借風撫摸自己的空

　　這輯詩來到最後一首，該截即截，當斷便「斷」，
但讀者的想像卻不受限制，詮釋的可能不止一端。
〈斷〉之所言，或許是老妓最終等到或花錢請來一名
窮漢，窮漢體虛，沒幾下就「掉落」了「果實」，老
妓幾乎不曾意識，只覺那小小的一根如「輕了的枝
椏」抽出，沒料到窮漢「突地抬頭」，噢，完事了。
窮漢也在想，他是「離了」（漏了），還是「放了
果」（射了），是不是滑洩他自己也說不清。「夜臨
時才借風撫摸自己的空」一句，如果主語是窮漢，那
他是「撫摸」已清「空」的陰囊，搖搖頭慨嘆「夜
臨」的暮年，那話兒果然不濟事了；如果主語是老
妓，經歷春、夏、秋，她在一年、一生的「夜臨」之
時，人財兩空，唯有「借風撫摸自己的空（胸）」，
聊以自慰，稍填「空」虛之感吧。
　　「詩人節電影截句徵稿」來了，〈九份雨〉的妓

野生_截句

女可連上改編自黃春明（1935-）小說的電影《看海的日子》；上文的窮漢，形象轉自關錦鵬（1957-）電影《胭脂扣》「當年撒尿射出界，今日撒尿滴濕鞋」的陳振邦；旗下年輕妓女跑路的老娼，則是周星馳（1962-）電影《九品芝麻官》裡的烈火奶奶；至於行文中的「空虛寂寞冷」、「全都要」、「人又老，錢又無，連妓女也跑路，不死也是廢物」等句，均是《九品芝麻官》的對白。白靈這組詩，已為「電影截句」敲響鑼鼓。

2018年5月2日

語言文學類　截句詩系37　PG2188

野生截句

作　　　者／白　靈
責任編輯／林昕平
圖文排版／周妤靜
封面原創設計／許水富
封面設計／蔡瑋筠

發 行 人／宋政坤
法律顧問／毛國樑　律師
出版發行／秀威資訊科技股份有限公司
　　　　　114台北市內湖區瑞光路76巷65號1樓
　　　　　電話：+886-2-2796-3638　傳真：+886-2-2796-1377
　　　　　http://www.showwe.com.tw
劃撥帳號／19563868　戶名：秀威資訊科技股份有限公司
　　　　　讀者服務信箱：service@showwe.com.tw
展售門市／國家書店（松江門市）
　　　　　104台北市中山區松江路209號1樓
　　　　　電話：+886-2-2518-0207　傳真：+886-2-2518-0778
網路訂購／秀威網路書店：https://store.showwe.tw
　　　　　國家網路書店：https://www.govbooks.com.tw

2018年11月　BOD一版
定價：320元
版權所有　翻印必究
本書如有缺頁、破損或裝訂錯誤，請寄回更換

國家圖書館出版品預行編目

野生截句 / 白靈著. -- 一版. -- 臺北市：秀威資
　訊科技, 2018.11
　　　面；　　公分. -- (語言文學類) (截句詩系；
37)
　　BOD版
　　ISBN 978-986-326-636-5(平裝)

851.486　　　　　　　　　　107019479

讀 者 回 函 卡

感謝您購買本書，為提升服務品質，請填妥以下資料，將讀者回函卡直接寄回或傳真本公司，收到您的寶貴意見後，我們會收藏記錄及檢討，謝謝！
如您需要了解本公司最新出版書目、購書優惠或企劃活動，歡迎您上網查詢或下載相關資料：http:// www.showwe.com.tw

您購買的書名：＿＿＿＿＿＿＿＿＿＿＿＿＿＿＿＿＿＿＿＿＿＿

出生日期：＿＿＿＿＿年＿＿＿＿＿月＿＿＿＿＿日

學歷：□高中 (含) 以下　　□大專　　□研究所 (含) 以上

職業：□製造業　□金融業　□資訊業　□軍警　□傳播業　□自由業
　　　□服務業　□公務員　□教職　　□學生　□家管　□其它＿＿＿＿

購書地點：□網路書店　□實體書店　□書展　□郵購　□贈閱　□其他

您從何得知本書的消息？

　□網路書店　□實體書店　□網路搜尋　□電子報　□書訊　□雜誌
　□傳播媒體　□親友推薦　□網站推薦　□部落格　□其他＿＿＿＿＿

您對本書的評價：(請填代號　1.非常滿意　2.滿意　3.尚可　4.再改進)

　封面設計＿＿＿　版面編排＿＿＿　內容＿＿＿　文／譯筆＿＿＿　價格＿＿＿

讀完書後您覺得：

　□很有收穫　□有收穫　□收穫不多　□沒收穫

對我們的建議：＿＿＿＿＿＿＿＿＿＿＿＿＿＿＿＿＿＿＿＿＿＿

＿＿＿＿＿＿＿＿＿＿＿＿＿＿＿＿＿＿＿＿＿＿＿＿＿＿＿＿＿＿＿

＿＿＿＿＿＿＿＿＿＿＿＿＿＿＿＿＿＿＿＿＿＿＿＿＿＿＿＿＿＿＿

＿＿＿＿＿＿＿＿＿＿＿＿＿＿＿＿＿＿＿＿＿＿＿＿＿＿＿＿＿＿＿

11466
台北市內湖區瑞光路 76 巷 65 號 1 樓

秀威資訊科技股份有限公司　　　收

BOD 數位出版事業部

....

（請沿線對折寄回，謝謝！）

姓　　名：＿＿＿＿＿＿＿＿　年齡：＿＿＿＿　性別：□女　□男

郵遞區號：□□□□□

地　　址：＿＿＿＿＿＿＿＿＿＿＿＿＿＿＿＿＿＿＿

聯絡電話：(日) ＿＿＿＿＿＿＿＿ (夜) ＿＿＿＿＿＿＿＿＿

E-mail：＿＿＿＿＿＿＿＿＿＿＿＿＿＿＿＿＿＿＿